Pööks

Kurzgeschichten eines Jungen vom Lande

von
Marco Brandt

Bibliografische Information der Deutschen Nationalbibliothek: Die Deutsche Nationalbibliothek verzeichnet diese Publikation in der Deutschen Nationalbibliografie; detaillierte bibliografische Daten sind im Internet über dnb.dnb.de abrufbar.

© 2017 Marco Brandt

Herstellung und Verlag:
BoD – Books on Demand, Norderstedt

ISBN: 978-3-7431-5287-8

Inhaltsverzeichnis

Vorwort 6
Der Riesenstein 9
Schweinerodeo 14
Hundesirene 19
Oma und die Holländer 22
Braver Hund 26
Der Boss 30
Nordpol und zurück 35
Iglu in der Heide 40
Glück gehabt 42
Herr Mecki 44
Krähenberg 49
Wer hat Angst vorm schwarzen Mann? 53
Entenmarsch 57
Wipfelsprung 61
Häuptling Blutender Skalp 65
BMX Akrobaten 67
Explosion im Parka 73
Zielscheibe Stallfenster 76
Rettung Zwetschgenbaum 78
Vollbremsung! Heide! 82

Vorwort

Guten Tag,
ich freue mich, dass Sie dieses Buch zur Hand genommen haben und sich für meine kleinen Geschichten aus der Jugend interessieren.
Ich verspreche Ihnen lustige, unglaubliche, aber auch traurige Erzählungen, die Ihnen einen Einblick in eine glückliche Kindheit eines Jungen vermitteln, der in den 70er Jahren auf einem kleinen Dorf aufwachsen durfte. Ohne Handy, ohne Internet, mit Eltern, die einen nicht vor allem bewahrt haben. In einer Welt, in der man im Wald herumtobte, ohne dass die Mama etwas davon wusste. In einer Welt, in der man kleine und manchmal auch größere Streiche spielte, ohne dass man gleich angezeigt wurde. In einem Dorf wurde das seinerzeit unter sich geregelt und, wenn man Pech hatte und erwischt wurde, konnte man halt eine Zeitlang nicht mehr richtig sitzen. Geschadet hat es niemandem, aber man wusste, das war nicht gut. Wir haben Dinge getan, die mitunter gefährlich waren.

Aber: Wir leben noch! Und: Wir haben sehr viel dabei gelernt und kennengelernt. Nicht nur unsere Grenzen. Eine Nachahmung ist trotzdem nicht zu empfehlen!

Ich wurde im September 1967 in Walsrode geboren und wuchs bei meinen Eltern, meiner Großmutter und meiner Urgroßmutter auf einem Bauernhof in Sieverdingen auf.

Der Hof, auf dem ich meine Jugend verbracht habe. Das Foto entstand 1952.

Sieverdingen liegt in der Lüneburger Heide und ist mit 120 Einwohnern die kleinste Gemeinde der Stadt Walsrode.

Mein Vater erkrankte ein Jahr nach meiner Geburt an Multipler Sklerose, die zu diesem Zeitpunkt (1968) noch nicht bekannt war. Er hatte die schlimmste Form der Krankheit, und sein Zustand verschlechterte sich zunehmend, bis er 1981 verstarb.

Meine Mutter pflegte ihn bis zum Tod. Nebenbei führte sie eine Pension und warf den Haushalt. Finanziell ging es uns nicht gut, wovon ich jedoch nie etwas mitbekam. Meine Mutter hat es mich nie spüren lassen. Ich danke ihr für die tolle Kindheit, die ich trotz allem erleben durfte. Sie ist eine tolle Frau und ich widme ihr dieses Buch. Ich wünsche Ihnen viel Spaß mit meinen kleinen Erinnerungen.

Marco Brandt
Braunschweig, im Februar 2017

ACHTUNG:
Lassen Sie dieses Buch nicht in die Hände Ihrer Kinder geraten!

Es könnte sie auf Ideen bringen!

Der Riesenstein
Eine Sage

Diese Geschichte wurde mir in den siebziger Jahren von meiner Urgroßmutter regelmäßig erzählt. Ich erinnere mich noch gut daran, wie ich bei meiner Oma Dora auf dem Sofa lag, meinen Kopf in ihrem Schoß bettete, sie mir den Rücken kraulte und diese Geschichte erzählte.
Im Gedenken an meine Märchenoma Dora.

In einem Dorf in der Lüneburger Heide, mit dem Namen Sieverdingen, lebte vor langer, langer Zeit der Bauer Heinz. Zu der Zeit gab es weder Autos noch Handys oder Computer.
Bauer Heinz war im ganzen Land für einen fabelhaften Käse bekannt. Jeden Freitag zog er mit seinem Pferdegespann in die nahe gelegene Stadt Walsrode. Dort bot er seinen Käse auf dem Wochenmarkt an. Aus dem ganzen Umland kamen die Menschen nach Walsrode, um den Käse von Bauer Heinz zu kaufen. Mit der Zeit wurde der Käse des Bauern im ganzen Land bekannt. Die Menschen aus immer weiteren Regionen besuchten Bauer Heinz auf seinem Hof und deckten sich mit den Leckereien ein.

Eines Tages erreichte die Kunde des ungewöhnlichen Käses aus Sieverdingen auch einen Riesen in einem fernen Land. Dieser Riese liebte Käse über alles und wollte ihn unbedingt probieren. Er zog los. Sein Weg führte ihn über Berge, durch dichte Wälder, durch das Grundlose Moor bis in die Lüneburger Heide, zum Bauern Heinz. Dort angekommen, stellte er sich mit breiter Brust auf den Hof des Bauern und schrie: "Gib mir deinen Käse!" Bauer Heinz öffnete die Tür und schaute ängstlich an dem Riesen empor, der mit seinem Hut die Baumkronen der Eichen auf seinem Bauernhof überragte. Hastig rannte er in die Käserei und brachte dem Riesen all seinen Käse, den er für den Verkauf auf dem Wochenmarkt vorbereitet hatte. Der Riese packte die Käseleiber in den Rucksack und zog von dannen. Bauer Heinz war zutiefst betrübt, da er nun keinen Käse mehr hatte, den er auf dem Wochenmarkt verkaufen konnte. Er ging sofort in seine Käserei zurück, nahm die frisch gemolkene Milch und begann, neuen Käse herzustellen.

Nach einigen Tagen hatte er wieder eine ausreichende Menge Käse zusammen, um ihn am kommenden Freitag zu verkaufen. Für das Geld kaufte er Lebensmittel für die ganze Familie. Doch er hat die Rechnung ohne den Riesen gemacht. Der Käse schmeckte dem Hünen aus der Ferne so gut, dass er mehr haben wollte, und am Donnerstagabend schallte es erneut über den Hof in der Lüneburger Heide: "Bauer Heinz, gib mir all deinen Käse!" Bauer Heinz öffnete vorsichtig die Haustür und trat heraus. "Lieber Riese", sagte er, "bitte hab Gnade! Ich brauche den Käse, um ihn auf dem Wochenmarkt zu verkaufen und meine Familie zu ernähren. Wenn ich dir all meinen Käse gebe, habe ich nichts mehr, und meine Kinder müssen Hunger leiden." "Das ist mir egal", sagte der Riese, "gib mir deinen Käse, oder ich zerstöre dein Haus!" Bauer Heinz bekam Angst und gab dem Riesen erneut seinen ganzen Käse. Der packte ihn wieder in seinen Rucksack und zog erneut von dannen. Bauer Heinz war verzweifelt: Wieder konnte er keinen Käse auf dem Markt verkaufen!

Es dauerte über eine Woche, bis er erneut genug Käse hergestellt hatte, um auf den Markt zu fahren. Um ihn nicht wieder an den Riesen aushändigen zu müssen, versteckte er den Käse auf seinem Hof. Eine kluge Entscheidung, denn wenige Tage später stand der Riese zum dritten Mal auf dem Hof von Bauer Heinz. Das laute Gebrüll erschütterte erneut das Dorf: "Bauer Heinz, gib mir all deinen Käse!" Dieses Mal trat der Bauer jedoch mutig vor den Riesen, schaute an ihm empor, stützte die Hände in die Hüfte und sagte mit fester Stimme: „Ich habe keinen Käse! Alles, was ich hergestellt habe, hast du in den letzten Wochen bekommen. Ich habe nichts mehr, was ich dir geben könnte!" "Dann zerstöre ich deinen Hof!", brüllte der Riese laut. "Gib mir deinen Käse oder du wirst es bereuen!" Erneut sagte Bauer Heinz: "Ich habe nichts, was ich dir geben kann! Wenn du meinst, du müsstest meinen Hof zerstören, kann ich dich nicht daran hindern!" Wütend und laut brüllend, drehte sich der Riese um und verschwand am Horizont.

Er machte sich auf den Weg in seine Heimat. Dort angekommen, nahm er eine große Kette und wickelte sie um einen Felsbrocken. Er schulterte den schweren, großen Stein und machte sich auf den Weg in die Lüneburger Heide. Seinen Weg führte ihn über Berge und durch Wälder, hinein in das Grundlose Moor von Sieverdingen. Das Moor wurde tiefer und tiefer, der Riese versank unter der Last des Steins bis zu den Knien im Moor. Es wurde immer beschwerlicher für ihn, weiter zu kommen.

Wenige Kilometer vor dem Hof des Bauern Heinz riss die Kette, die der Riese um den Felsbrocken gebunden hatte. Der Stein fiel in das Grundlose Moor von Sieverdingen und versank - bis auf einen kleinen

Teil - fast vollständig im Morast. Voller Wut trat der Riese gegen den Stein, sodass ein Stück herausbrach und neben dem Stein landete. Durch den Tritt brach sich der Riese den großen Zeh. Laut brüllend vor Schmerzen, mit einem verzerrten Gesicht hüpfte er auf einem Bein durch das Moor, in Richtung Heimat. Er wurde nie wieder in der Lüneburger Heide gesehen, und Bauer Heinz konnte fortan seinen Käse, wie gewohnt, auf dem Wochenmarkt verkaufen.

Noch heute liegt der Riesenstein im Moor von Sieverdingen und, wenn man genau hinsieht, entdeckt man die Kerbe, die die Kette im Stein hinterließ. Neben dem Stein liegt das Stück, das der Riese mit seinem Tritt herausgebrochen hat.

Der Riesenstein im Grundlosen Moor in Sieverdingen.

Schweinerodeo
Eine Anekdote

In meiner Kindheit hatte ich das Vergnügen, einige Jahre mit meiner Uroma Dora zu verbringen. Oma Dora war eine Uroma wie man sie sich vorstellt: Klein, stets eine leicht gebückte Körperhaltung, Haare bis zum Gesäß, die sie immer zu einem Dutt gebunden trug, und immer hatte sie eine klassische Bauernschürze, in gedeckten Farben, umgebunden. Ich glaube, sie hatte gar keine andere Kleidung. Zumindest kam es mir in meiner Jugend so vor.
Opa Willi, ihr Ehemann, war bereits vor vielen Jahren verstorben, und da sie keine Kinder bekommen konnten, nahmen sie ihre Nichte Mariechen - meine Oma - zu sich. Oma Mariechen heiratete Gustav Brandt, meinen Opa, den ich leider auch nicht kennenlernen durfte. Er verstarb sehr früh. Das ist aber eine andere Geschichte.
Oma Dora war eine tüchtige Bauersfrau, die sich bis ins hohe Alter arbeitete und manchmal nichts von den Errungenschaften der Zivilisation wissen wollte. Als meine Großeltern eine Wassertoilette einbauen ließen, sagte Oma Dora nur in Plattdeutsch: "Moderner Krams". Ich glaube, sie sprach gar kein Hochdeutsch, nur Platt, heidjer Platt.

Sie benutzte weiterhin das Plumpsklo neben ihrem Schweinestall. Heute absolut unvorstellbar, aber für sie war es vollkommen normal.

Oma Dora kümmerte sich stets fürsorglich um die zwei Schweine, die wir auf dem Bauernhof jedes Jahr großzogen und im Herbst schlachteten. Jeden Tag brachte sie die beiden Schweine auf die Schweinewiese. Naja, Wiese konnte man das eigentlich nicht mehr nennen. Wie Schweine nun mal sind, pflügten sie das kleine Stück Land hinter der Scheune gründlich um. Es war mehr ein Matschloch. Abends holte Oma Dora die beiden wieder in ihren Stall zurück und fütterte sie mit Schrot, das sie in der Futterküche liebevoll zu einem nicht gerade appetitlich aussehenden Brei vermengte.

Tag ein, Tag aus die gleiche Prozedur. Dabei unterhielt Oma Dora sich stets lieb und nett mit den Tieren. Bis zu dem Tag im Herbst, an dem der Hausschlachter auf den Hof kam. Der Schlachtetag! An diesem Tag schien die Liebe zu den Schweinen vorbei zu sein. Sie holte ein Schwein nach dem anderen aus dem Stall und im Innenhof, zwischen dem Haupthaus und dem Stall, wartete der Metzger - der Henker! Dann ging alles sehr schnell. Bolzenschussgerät auf die Stirn des Schweins gesetzt, ein Knall, und ehe man sich versah, hingen zwei

Schweinehälften an der Leiter.

Oma Dora saß dann immer in ihrem Arbeitskittel und einem Kopftuch auf ihrem Melkschemel und hatte ihren Arm tief in einem Eimer mit Schweineblut versenkt. Sie rührte das Blut um, damit es nicht gerann, und wenig später zu einer leckeren Blutwurst verarbeitet werden konnte. Die Wurst war übrigens immer sehr lecker! Wie alle Würste, die bei der Schlachtung hergestellt wurden. Nicht zu vergleichen mit den Scheibchen, die man heute im Supermarkt erhält.

Hin und wieder wollten die Schweine auch etwas anderes kennenlernen, als ihren Stall und ihr Matschloch und büxten aus, wie meine Großmutter immer sagte. So auch an diesem schönen Herbsttag. Einem Schwein gelang es, die Tür zum Hof aufzudrücken, und es machte sich auf Entdeckungsreise. Oma Dora sah es im letzten Moment und stürmte, so flott wie es eine 80-jährige Dame kann, heraus und versuchte, den Flüchtling wieder in den Stall zu treiben.

Keine leichte Aufgabe, bei einem großen Hof mit Kopfsteinpflaster! Alle anderen Familienmitglieder versperrten mögliche Fluchtwege und halfen Dora.

Der Ring um das Schwein wurde immer enger gezogen und es sah bereits so aus, als ob es in den Stall zurückkehrt. Plötzlich blieb es stehen, drehte sich

um und lief auf Oma Dora zu. Sie gestikulierte wild und versuchte, es mit lauten Rufen und plattdeutschen Flüchen zurückzutreiben. Ohne Erfolg! Das Schwein rannte ihr genau zwischen die Beine. Die kleine Dame fiel vorne über, auf den Rücken des Schweins und es gelang ihr gerade noch, sich am Ringel-schwänzchen festzuhalten.
Und ab ging die Post!
Voller Panik legte die kleine Sau jetzt richtig los! Im vollen Tempo schoss sie, laut quietschend, mit ihrem unfreiwilligen Jockey auf dem Rücken, quer über den Hof. Das Kopftuch von Oma Dora wehte im Wind und sie versuchte offenbar, das Quietschen der Sau mit lautem Juchen zu übertönen. Meine Mutter und Oma Mariechen waren zunächst erschrocken, konnten sich dann aber bei dem Anblick und dem Gejuche kaum noch vor Lachen halten. Das Schwein drehte einige Runden auf dem Hof, bei denen es immer wieder kurz vor meiner Mutter und meiner Großmutter abdrehte. Begleitet vom Juchen seines Jockeys, der sich noch immer tapfer am Ringel-schwänzchen festhielt.
Plötzlich gab das Schwein den Fluchtversuch auf und hielt auf die offene Stalltür zu. Oma Dora verließen auch bereits die Kräfte, und sie rutschte langsam an der Seite des Schweins hinunter. Kurz vor dem Stall

konnte sie sich dann endgültig nicht mehr halten und fiel zu Boden. Wie durch ein Wunder, ist ihr mit ihren 80 Jahren, außer ein paar blauen Flecken, nichts passiert. Die Sau rannte in ihre Box, und Oma Mariechen schloss schnell die Tür. Für Oma Dora war die Freundschaft vorbei. Der Tag des Henkers nahte.

Die Holzriegel, die die Tür verschlossen, wurden repariert und zusätzlich verstärkt, damit das arme Schwein nicht noch einmal für ein Rodeo herhalten musste.

Die Moral von der Geschicht:
1. Schweine lassen sich nicht reiten.
2. Ärgere niemals deine Oma!
3. Halt dich fit bis ins hohe Alter.
   Man kann nicht immer Schwein haben!

Märchenoma Dora

Hundesirene
Eine Tiergeschichte

An die folgende Geschichte kann ich mich nicht selber erinnern. Meine Mutter hat sie mir erzählt.
Zu der Zeit, als ich geboren wurde, bildete mein Vater sehr erfolgreich Jagdhunde aus. Sein bester Hund war Asta vom Lilienthal. Ein dunkelbrauner Deutsch Kurzhaar. Ein bildhübsches Tier, mit dem mein Vater einige Preise und Auszeichnungen gewonnen hat.
Von klein auf war Asta an meiner Seite. Sie passte auf mich auf und ließ keinen Fremden in meine Nähe. Außerdem achtete sie darauf, dass mir nichts passierte.
Bei schönem Wetter stellte mich meine Mutter im Kinderwagen auf den Rasen, in die Sonne. Asta saß dann immer neben mir und passte auf mich auf. Wenn ich mich regte oder quengelte, schaute sie in den Kinderwagen und beruhigte mich. Wenn ich weinte, suchte Asta meine Mutter und holte sie. Ein einmaliger Hund!
Eines Tages - es war ein wunderschöner Sommertag - stellte mich meine Mutter wieder im Kinderwagen auf die Wiese. Asta nahm, wie immer, neben mir Platz. Meine Mutter lobte den Hund, sagte ihm, er solle auf mich aufpassen, und ging in das Haus

zurück, an ihre Hausarbeit.

Einige Minuten später hörte sie Asta jaulen. Es war kein freundliches oder drohendes Jaulen, sondern eher schmerzvoll und leidend. Meine Mutter rannte auf die Wiese hinaus und sah Asta mit ihrem Kopf in meinem Kinderwagen. Erschrocken und voller Angst, dass mir was geschehen war, rannte sie zum Kinderwagen und sah das Malör: Ich hatte Asta in die Lefzen gegriffen und zugedrückt. Natürlich nicht sehr stark, als Baby hat man ja auch nicht so viel Kraft, aber da die Lefzen bei Hunden eine äußerst empfindliche Stelle ist, muss es Asta sehr wehgetan haben.

Jeder andere Hund wäre weggelaufen oder hätte zugebissen, nicht so Asta. Sie wusste genau, dass sie mich verletzen würde.

Meine Mutter löste meine Hand und befreite Asta von ihrem Leiden. Diese legte sich wieder neben den Kinderwagen und tat so, als sei nichts geschehen.

Einige Jahre später bekam Asta zehn Welpen. Ihre Zitzen entzündeten sich so stark, dass sie nicht mehr zu retten war. Meine Eltern mussten sie schweren Herzens einschläfern lassen.

Asta war bis zu ihrem Tod meine beste Freundin. Sie war das erste Tier, von dem ich Abschied nehmen musste.

Die Moral von der Geschicht:
1. Hunde sind die besten Freunde.
2. Ein Abschied tut weh.

Meine Freundin Asta. Immer an meiner Seite.

Oma und die Holländer
Eine Anekdote

Sieverdingen war ein sehr kleiner Ort mit nur 120 Einwohnern. Mitte der siebziger Jahre, zu der Zeit des kalten Krieges, wurden in unserem Dorf regelmäßig Manöver abgehalten. Sowohl von der Bundeswehr als auch von alliierten Streitkräften.
Mitunter kam es vor, dass man morgens aus der Haustür kam, und unser Eichenhof voller Militärfahrzeugen stand. Der Eichenhof war ein Teil unseres Hofes, auf den ca. dreißig über hundertjährige Eichen standen. Das leuchtende Maigrün und der frische Duft der Eichenblätter im Frühjahr war faszinierend und ist mir bis heute in Erinnerung geblieben. Aber zurück zur Geschichte.

Einmal wurden wir durch ein lautes Dröhnen aus dem Schlaf gerissen. Als wir zur Tür liefen und sie öffneten, stand ein Panzer davor.
Für uns Kinder war ein Manöver immer ein Erlebnis. Wir haben den ganzen Tag bei den Soldaten verbracht, unterhielten uns mit ihnen oder versorgten sie mit Süßigkeiten, die wir in einem kleinen Kiosk für sie einkauften.
Eines Tages wunderten wir uns, dass wir sie nicht

verstehen konnten. Sie sprachen kein Deutsch, kein Platt, kein Englisch, irgendwie ein wirres Zeug aus allem. Es waren Niederländer, die auf unserem Hof ihre Kantine eingerichtet hatten.

Von den deutschen Soldaten kannten wir das Essen. Es war grauenhaft! Aber bei den Niederländern gab es anscheinend immer etwas Leckeres. Wenn ich mit dem Schulbus nach Hause kam, duftete es auf dem Hof immer sehr appetitlich. Der Koch stand mit seiner Feldküche unter dem Schauer und brutzelte. Offenbar jedoch immer zu viel, oder die Soldaten waren verwöhnt und mochten die Leckereien der Feldküche nicht. Auf jeden Fall war immer reichlich Essen übrig.

Der Koch lud meine Familie deshalb regelmäßig zu einem Lunch in sein Feldrestaurant ein. Einmal gab es sogar holländische Komis-Hamburger! Die waren total lecker! Zum Frühstück hatten die Soldaten immer ein ganz leckeres Weißbrot. Ähnlich dem heutigen Sandwich Toast, das man überall kaufen kann, allerdings sehr viel leckerer und saftiger. Aber auch davon bekamen die Soldaten viel zu viel. Sie baten uns, die Reste an unsere Schweine zu verfüttern. Da die meisten Beutel jedoch noch verschlossen waren, wanderten sie in unsere Gefriertruhen, die mit der Zeit bis zum Rand gefüllt waren. Wir aßen in den kommenden Monaten jeden Morgen das leckere niederländische Komis-Weißbrot zum Frühstück.

Aber eins habe ich nicht verstanden: Meine Oma Mariechen hat sich immer ganz intensiv mit den Soldaten unterhalten können! Sprach sie etwa Holländisch? Ich konnte es nicht verstehen. Oma erklärte mir, dass Holländisch sehr ähnlich dem Plattdeutschen ist, das meine Oma von Kind auf sprach. Ich hörte einmal genauer hin und richtig! Man konnte die Soldaten verstehen. Ich selber sprach zwar kein Platt, aber ich konnte zumindest teilweise die Soldaten verstehen. Fortan fiel die Kommunikation mit ihnen sehr viel einfacher.

Die Moral von der Geschicht:
1. Omas können Holländisch.
2. Manöver ist toll - zumindest für Kinder!
3. Holländer können doch kochen.

Oma Mariechen

Braver Hund
Eine Tiergeschichte

Wie bereits erwähnt, bildete mein Vater Jagdhunde aus. Asta vom Lilienthal war sein Bester. Auch später, als mein Vater aus gesundheitlichen Gründen nicht mehr in der Lage war, selbst auf die Jagd zu gehen, holten die Jäger aus dem Revier Asta zur Hilfe, wenn es darum ging, Wild aufzuspüren.

So war es auch, als Bauer Schröder in der Sieverdinger Jagd einen großen Keiler (ein männliches Wildschwein) anschoss und dieser weglief. Bauer Schröder holte Asta zur Hilfe, und sie führte die Jäger über Stunden und viele Kilometer durch insgesamt drei Forsten. Die Jäger dachten, Asta würde sie an der Nase herumführen, aber schließlich standen sie vor dem verendeten Keiler. Der Kopf dieses beeindruckenden Tieres hing später als Trophäe in der Diele des Jägers.

Auf Asta war immer Verlass. Mein Vater ging stets in Begleitung seines Jagdkammeraden auf die Pirsch. Auch wenn er von den Jagdpächtern leider nur sehr selten eine Abschussgenehmigung bekam. Ein Jagdpächter ist ein Jäger, der von mehreren

Grundbesitzern ein zusammenhängendes Revier gepachtet hat. Er bestimmt, wer wann welches Tier in diesem Revier schießen darf, muss jedoch auch dafür sorgen, dass die Wildpopulation in seinem Revier gesund bleibt und eine gewisse Größe nicht übersteigt. In jedem Herbst gab es das berühmte Jagdessen, zu dem alle Verpächter eingeladen wurden. Bei diesem Essen, das in der Regel im Haus des Pächters serviert wurde, bekam man natürlich Wildbraten aufgetischt. Diesen Braten bereiteten die Jägersfrauen zu.
Es war jedesmal unglaublich lecker. Einen Wildbraten können wirklich nur die alten Jägersfrauen perfekt zubereiten. Nach dem großen Schmaus zahlte der Jagdpächter die Pacht aus. Als ich schon etwas älter und mein Vater bereits schwer krank war, durfte ich zu diesem Jagdessen. Es war lecker und das Tollste war, dass ich das Pachtgeld für unser Land behalten durfte.

Aber zurück zu Asta.

Meine Großmutter Mariechen erzählte mir einmal eine Geschichte, die sehr gut verdeutlicht, wie brav und gut ausgebildet Asta war. Es war eines der wenigen Male, in denen mein Vater die Genehmigung für den Abschuss eines Rehbocks bekam. Nachdem er ein paar Nächte zusammen mit Asta auf einem Hochsitz angesessen hatte, lief ihm endlich ein Rehbock vor die Flinte.

Der erste Schuss saß, und das Tier sackte in sich zusammen. Mein Vater ging sofort mit Asta zu dem erlegten Tier. Asta erhielt den Befehl „Sitz" und „Bleib", und Asta setzte sich hin. Und wenn Asta einmal saß, dann saß sie. Sie war so ausgebildet, dass sie sich erst bei dem Befehl „Komm" oder „Lauf" wieder von der Stelle bewegte. Es hätte eine Herde Hirsche an ihr vorbeilaufen können, es hätte anfangen können zu regnen, zu stürmen oder zu schneien, Asta wäre sitzengeblieben.
Mein Vater begann damit, das Wild aufzubrechen und auszunehmen. Zu der Zeit wurden die Innereien für die Füchse und andere Tiere als Nahrung im Wald zurückgelassen. Mein Vater schulterte das kapitale Tier, trug es zum Auto, legte es in den Kofferraum und fuhr nach Hause.

Dort angekommen, öffnete er den Kofferraum und brachte stolz seine Beute ins Haus. Anschließend ging er zurück zum Auto, öffnete die Hintertür und sagte: "Komm". Aber niemand kam. Kreideweiß vor

Schreck, sprang er wieder in das Auto und fuhr zurück zu dem Platz, wo er den Rehbock erlegt hatte.

Asta saß noch immer an dem Platz, an dem mein Vater sie abgesetzt hatte, und schaute ihn mit großen traurigen Augen an. Er rief: „Komm!" Das ließ sich Asta nicht zweimal sagen. Sie schoss wie der Blitz auf meinen Vater zu, sprang ins Auto, und die beiden fuhren nach Hause. Von diesem Tag an achtete mein Vater immer darauf, dass sein Hund nach der Jagd im Auto saß.

Der Boss

Eine Tiergeschichte

Auf jeden Bauernhof gehört mindestens eine Katze. Nur sind diese Katzen meist anders als die, die man aus der Stadt kennt. Hier waren sie Nutztiere und nicht zum Kuscheln da, denn sie ließen sich in der Regel nicht gerne streicheln. Auch konnte man die

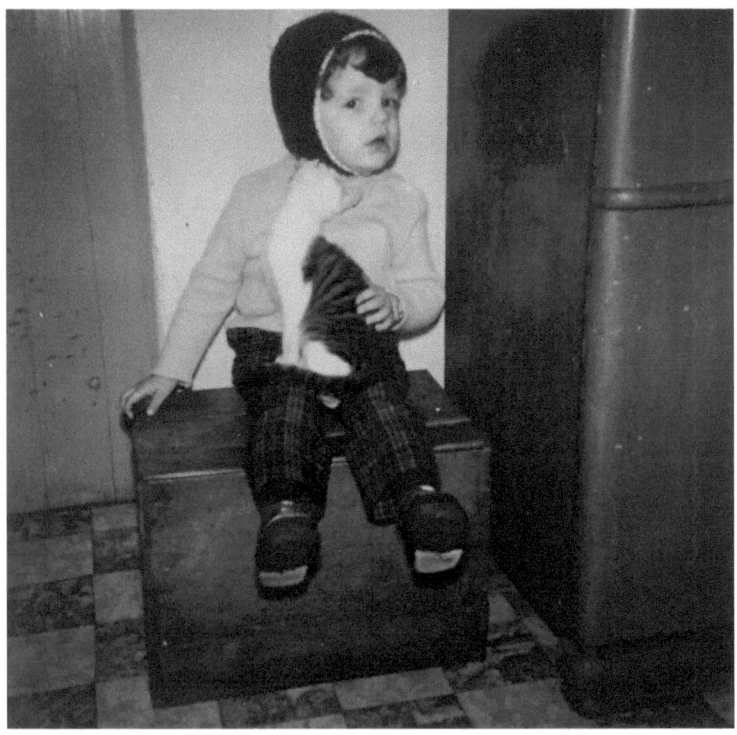

Kuschelkatze Susi.

Anzahl der Hofkatzen nur schwerlich steuern.

Unsere Hofkatze hieß Susi. Sie wurde auf einmal immer dicker, dann war sie ein paar Tage verschwunden und plötzlich standen neue, kleine Kätzchen vor der Tür. Nur Uroma und Oma durften sie nicht sehen. Sie sagten immer in ihrem Plattdeutsch, dass es zu viele werden, und ein paar Tage später wären sie alle verschwunden.

Neben den normalen Hofkatzen gab es bei uns auch einen Kater, an den wagte sich niemand heran, - Kater Fritz. Er war kein normaler Kater. Eher ein Riesenkater. Er war gut doppelt so groß als die normalen niedlichen Hofkatzen. Silbergrau getiegert, einen Kopf so groß wie eine Kokusnuss, stechende bernsteinfarbene Augen und kleine Haarbüschel auf den Ohren. Deshalb vermuteten wir auch, dass es eine halbe Wildkatze war.

Niemand konnte sich ihm mehr als auf zwei bis drei Meter nähern. Entweder rannte er davon, oder er machte einen Buckel, legte die Ohren an und fauchte in der Art, dass man freiwillig ein paar Schritte zurück ging. Ich mochte Fritz und wollte versuchen ihn zu zähmen. Anfassen konnte ich ihn nie, aber ich konnte mich ihm bis auf Armlänge nähern. Ich stellte ihm, immer wenn er da war, eine Untertasse mit

Leckereien unter ein Schleppdach, setzte mich daneben und beobachtete ihn beim Fressen. Immer wieder schaute er dabei zu mir hinauf, als ob er sagen wollte: „Lecker!"

Er war nicht ständig auf unserem Hof. Alle paar Wochen mal, für ein paar Tage. Aber er war im ganzen Dorf bekannt, und das nicht nur bei den Menschen. Sämtliche Hunde machten einen weiten Bogen um ihn. Sie hatten wohl schon Bekanntschaft mit ihm gemacht. Während andere Katzen schnell über die Bauernhöfe huschten, um nicht von den Hunden gesehen und gejagt zu werden, ging Fritz stets mit gehobenem Haupt, geschwollener Brust und Schwanz in die Höhe über die Höfe. Wie gesagt, die Hunde machten alle einen Bogen um ihn, - fast alle!
Nachdem unser Jagdhund Asta verstorben war, hatten wir einige andere Hunde, und schließlich bekam ich einen eigenen. Ich nannte sie Asta. Genauso wie den Hund, der in meiner Kindheit immer so gut auf mich aufgepasst hatte. Sie machte sehr schnell Bekanntschaft mit Fritz.

Asta war ein Mischling zwischen einem Schäferhund und einem Dobermann. Sie sah aus wie ein Dobermann, hatte aber den Kopf von einem Schäferhund.

Wir hatten ihn aus unmöglichen Verhältnissen gerettet, und er ist mir sehr ans Herz gewachsen. Bis zu ihrem Tod 1992 war sie immer an meiner Seite.
Asta war ein Wachhund. Eben eine Mischung aus Schäferhund und Dobermann. Sie war super lieb, aber alles, was auf dem Hof nichts zu suchen hatte, wurde angebellt und, wenn möglich, verjagt. Alles, aber auch wirklich alles!
Bis auf ... Fritz.

Asta war ungefähr ein halbes Jahr auf unserem Hof, als Fritz mal wieder vorbeischaute. Er wartete geduldig auf dem Melkschemel, der immer unter dem Schauer stand, wo ich ihn fütterte. Das ging ja gar nicht! Asta erspähte ihn, die Kammhaare gingen hoch, sie fing an zu bellen und schoss auf das graue Etwas auf dem Hocker zu. Aber irgendwas schien anders zu sein! Die Katze läuft nicht weg, wie sonst immer! Drei Meter vor dem Schemel legte Asta eine Vollbremsung ein und fing an, wie wild um den Kater auf seinem Thron herumzutanzen. Ich war zwischenzeitlich dazu gekommen und beobachtete das Schauspiel aus geringer Entfernung. Asta schaute immer wieder verwirrt zu mir herüber, während sie immer noch wie verrückt bellend um Fritz herumtanzte. Der hatte sich zwischenzeitlich schon aufgestellt, machte einen Buckel, streckte den aufgeplusterten Schwanz zitternd in die Höhe, hatte die Ohren angelegt und seinen Killerblick aufgelegt. Schließlich wurde es Asta zu bunt, und sie machte einen Satz nach vorne. Fritz fuhr blitzschnell seine Krallen aus und fuhr Asta mit der Tatze über die Nase.

Ein lautes Jaulen schallte über den Hof. Asta verstummte, klemmte den Schwanz ein, kam zu mir und versteckte sich hinter meinen Beinen. Fritz regte sich ab und legte sich wieder ganz entspannt auf den Hocker. Mit halb geöffneten Augen schaute er zu Asta herüber, als ob er sagen wollte: „Ich bin hier der Boss." Astas Nase hatte eine tiefe Schmarre und blutete sehr stark. Es gelang mir nur sehr schwer, die Blutung zu stoppen. Fortan ging Fritz immer wieder sehr anmutig über unseren Hof, und Asta ergriff die Flucht, wenn sie ihn sah.

The Boss is back!

Die Moral von der Geschicht:
1. Hundenasen vertragen keine Katzenkrallen.
2. Nimm dich in Acht vor einer Katze, die nicht wegläuft.
3. Ein König verlässt nicht gerne seinen Thron.

Nordpol und zurück
Ein Abenteuer

Ende 1978, Anfang 1979 wurde Norddeutschland von einer Schneekatastrophe heimgesucht. Innerhalb von wenigen Stunden fielen Unmengen von Schnee, und alles in Norddeutschland kam zum Erliegen. Man kann sich vorstellen, dass es gerade ein solch kleines Dorf wie Sieverdingen besonders hart traf. Der Strom und damit auch die Heizung fielen aus. Zum Glück hatten wir noch einen alten Holzherd, der wiederbelebt werden konnte, und reichlich Kerzen im Haus. Wasser wurde mit einem alten Waschzuber erwärmt, der eigentlich nur beim Schlachten genutzt wurde.
Wir, Kinder, fanden es toll! Ein richtiges Abenteuer! Zehn Tage kam kein Schulbus zu uns durch, und wir hatten schulfrei. In den ersten Tagen war es noch spannend, dann merkten jedoch auch wir, dass es langsam kritisch wurde. Wenn man morgens die Tür im Zwischenbau öffnete, stand man plötzlich vor einer weißen Wand, die am Vortag noch nicht da war. In diesem Hinterhof, zwischen Haupthaus und Stall, fing sich der Wind und der damit verbundene Pulverschnee. Es entstanden wunderschöne Schneeverwehungen, die jedoch unsere Ausgangstür verdeckten. Zunächst hatten wir noch versucht ihn zu

räumen, mussten jedoch irgendwann aufgeben, weil wir nicht mehr wussten, wo wir mit dem Schnee auf dem kleinen Hinterhof hin sollten. Vor der Haustür wurde an der Hauswand entlang jeden Morgen Schnee geschippt. Der Schneehaufen wurde immer größer und reichte schließlich fast bis zur Dachrinne. An der Wand entlang entstand ein richtiger Tunnel.

An einem Tag, als meine Großmutter gerade wieder den Weg frei schaufelte, löste sich eine Lawine vom Dach. Direkt auf Oma Mariechen. Man hörte es nur rumpeln, ein Juchen und dann ein Fluchen auf Plattdeutsch. Als wir um die Ecke schauten, blickte uns ein Schneemann an, der eine gewisse Ähnlichkeit mit meiner Oma hatte. Zuerst waren wir alle erschrocken, mussten dann aber herzlich lachen. Oma stand bis zu den Knien im Schnee. Auf dem Kopf und den Schultern ein Schneehaufen und am gesamten Körper mit Schnee überzogen. Glücklicherweise ist ihr nichts geschehen. Wäre der Schnee gefroren gewesen, hätte sie sich schwer verletzen können.

Die Expedition zum Nordpol

Nach ein paar Tagen gingen die Lebensmittel langsam zur Neige. Zwar hatten wir als nahezu Selbstversorger viele Nahrungsmittel zu Hause, nach einigen Tagen fehlten jedoch solch einfache Dinge wie Brot, Mehl und andere Lebensmittel. Das nächste Lebensmittelgeschäft war in einem drei Kilometer entfernten Ort. Das Auto konnte man vergessen, da die Straßen von den Schneewehen so bedeckt waren, dass man sie nicht mehr erkennen konnte. Selbst die Traktoren hatten keine Chance mehr, sich durch die Schneemassen durchzukämpfen.
Es gab nur eine einzige Möglichkeit, sich vorwärts zu bewegen: Zu Fuß. Aber auch das schien unmöglich, da man in dem frischen Pulverschnee bis zu den Knien versank. Schließlich fiel mir ein, dass ich und meine Mutter vor ein paar Jahren Langlaufski zu Weihnachten bekommen hatten. Also beschlossen mein Freund und ich, uns die Skier anzulegen, den Strick unserer Schlitten um die Hüften zu binden und uns auf den Weg in das Nachbardorf zu machen. Wir fragten in der Nachbarschaft herum, was alle denn so brauchten, und machten uns auf den Weg. Das Abenteuer begann!
Dass es für uns wie eine Expedition zum Nordpol

werden würde, hatten wir jedoch nicht gedacht. Der Weg, den wir schon hundertmal mit dem Fahrrad zurückgelegt hatten, war nicht mehr zu erkennen. Alles war glatt und weiß. Hin und wieder ragte ein Baum aus der weißen Wüste, an dem wir uns orientieren konnten. Wir mussten immer wieder damit rechnen, dass wir einsinken und an einem der zahlreichen Stacheldrahtzäunen hängen bleiben, die normalerweise die Weiden auf dem Weg umzäunten.

Es war ein richtiges Abenteuer. Ein anstrengendes Abenteuer. Ich kann nicht mehr sagen, wie lange wir für den Weg gebraucht haben, aber wir waren froh, als wir in dem kleinen EDEKA-Laden angekommen waren.

Wir zückten unsere Einkaufszettel, kauften das ein, was die Familien in unserem Dorf brauchten. Vorausgesetzt, es war noch zu haben, denn wir waren ja nicht die einzigen, die dieses „Basiskamp" angesteuert hatten. Dann packten wir unsere Taschen, schnallten sie auf den Schlitten fest, banden die Stricke wieder um die Hüften und machten uns auf den Heimweg. Es gab nur ein Problem: Wir hatten nicht daran gedacht, dass die Schlitten nun schwerer waren!

An jedem Hügel, den wir empor laufen mussten, zog das Gewicht wahnsinnig an der Hüfte. Dazu kam noch, dass die Schlitten im Pulverschnee versanken, und wir auf Skiern standen! Die schweren Schlitten zogen uns immer wieder zurück. Jeder kleine Hügel wurde zum Mount Everest, und jeder Hang zur Kitzbüheler Streif. Denn, wenn es bergab ging, mussten wir blitzschnell vom Bergsteiger auf Abfahrtsläufer umschalten. Der Schlitten, den wir mit aller Kraft den Berg hochgezogen hatten, schaltete plötzlich den Turbo ein und wollte den Abhang hinunterschießen. Wir mussten also in bester Manier, wie ein Abfahrtsläufer bei der Winterolympiade, vor dem wilden Ungetüm auf zwei Kufen flüchten. Unsere Kräfte verließen uns mehr und mehr. Es kam das Gefühl in uns auf, dass wir den Heimweg nicht schaffen. Nach einer schier endlosen Zeit in der Schneewüste kamen wir endlich zu Hause an. Wir banden den Strick los und fielen vor Erschöpfung fast um. Eines stand fest: Nie wieder zum Nordpol, und die Winterolympiade kann uns mal!

Die Moral von der Geschicht:
1. Schneelawinen können Omas in Yetis verwandeln.
2. Vollbeladene Schlitten setzen ungeahnte Kräfte frei.
3. Wintersport: Nein, danke!

Iglu in der Heide
Ein Abenteuer

Jeden Morgen zogen wir Kinder uns unsere Schneesachen über und raus in die weiße Pracht! Schlitten fahren, was endlich mal fast überall möglich war, wo sich ein kleiner Hügel bot, Langlauf-Ski - wenn wir nach unserer Expedition noch Lust dazu hatten, - oder einfach nur im Schnee herumtollen. Erst, wenn uns richtig kalt war, kamen wir wieder nach Hause.
Eines Tages bemerkten wir, dass der ganze, auf unserem Hof geräumte Schnee zu einem Haufen aufgetürmt war, und man daraus doch eigentlich klasse eine Burg bauen könnte. Wir schnappten uns also ein paar Schaufeln und gruben uns von oben in den Haufen. Als wir am Boden angekommen waren, umgab uns rundherum eine gefühlt zwei Meter hohe Wand aus Schnee. „Jetzt noch ein Dach", dachten wir, holten uns aus dem Holzschuppen ein paar Bretter, legten sie über unsere Burg, drehten ein paar kleinere Schneekugeln und legten sie darauf. Es hielt! Am Abend nahmen wir dann ein paar Eimer Wasser und gossen sie darüber. Über Nacht gefror das Wasser, und unsere Schneekugeln bildeten ein durchgehendes Dach. Wir hatten ein Iglu! Im Inneren bauten wir uns ein paar Möbel aus Schnee und legten natürlich einen

riesigen Vorrat an Schneekugeln an. Unsere Burg müsste ja schließlich verteidigt werden können.

An den folgenden Tagen ging dann die Schlacht um die Schneeburg los! Ein Teil von uns versuchte, die Burg einzunehmen, und der andere verteidigte sie mit aller Kraft. Das Gemeine war nur, dass die Schneebälle in der Burg auch etwas Wasser abbekommen hatten und dementsprechend gefroren waren. Von Schneebällen konnte man nicht mehr sprechen. Es waren eher Eisbälle. Die Schlachten wurden von Tag zu Tag härter, und die blauen Flecken der Angreifer größer. Das kratzte aber niemanden. Schließlich wollte man die Schneeburg um alles in der Welt erobern. Der Kampf dauerte einige Tage an und wurde zum Abend hin nur durch unsere Regierungen, unsere Eltern, unterbrochen.

Nach ein paar Tagen musste der Kampf dann aufgegeben werden. Von der mühevoll gebauten Burg war nur noch ein weißer Haufen übrig. Das Ausmaß der Zerstörung wurde jedoch erst nach der Schneeschmelze deutlich. Zurück blieb nur ein Haufen Bretter, mit denen wir unsere Burg verstärkt hatten.

Die Moral von der Geschicht:
1. Eisbälle sind schmerzhaft.
2. Aufräumen ist blöd!

Glück gehabt
Ein Anekdote

In einem Nachbardorf räumten die Bauern bereits selbstständig die Straßen vom Schnee. Einer der Landwirte hatte einen Traktor, der besonders viel Kraft hatte. Für diesen Traktor hatte er einen Schneepflug, mit dem er zügig die Straßen vom Schnee befreien konnte.

Im Laufe der Zeit bildeten sich regelrechte Gräben durch den Schnee, die nur eine Spur breit waren. Wenn sich zwei Fahrzeuge begegneten, musste eins in einer frei geräumten Haltebucht warten, bis das andere vorbei war. In jeder Kurve wurde gehupt, damit der Gegenverkehr wusste, dass jemand kommt. Verhältnisse wie in den Alpen.
In einer Nacht hatte es besonders stark geschneit und zudem sehr gestürmt. Am nächsten Morgen stieg der Bauer auf seinen MB-Truck und machte sich auf den Weg. Als er auf ein freies Feldstück kam, hielt er inne.

Der Wind hatte über Nacht eine Schneewehe aufgetürmt, die sein großes Fahrzeug überragte.

Er überlegte, etwas Anlauf zu nehmen und mit Schwung durch die Wehe hindurch zu brechen. Es war ihm dann aber doch zu heikel. Sein Glück! In der Nacht ist nämlich sein Nachbar mit seinem PKW auf der Straße liegengeblieben. Und dieses Auto war der Grund der Schneewehe. Der Wind und der starke Schneefall hatten es komplett vergraben.

Das hätte sonst ziemlich gerumst!

Herr Mecki
Eine Tiergeschichte

Auf einem Bauernhof gibt es außer den Tieren, die man in den Ställen hält, natürlich auch noch viele andere, die sich auf dem Hof herumtreiben. Manche sind nicht willkommen, manche sind geduldet und manche werden regelrecht geliebt. Zu letzteren gehören auch die Igel. Sie treiben sich auf dem Hof herum, vertilgen kleines Ungeziefer, ärgern die Hunde, die sich die Nasen an ihren Stacheln verletzen und sind einfach nur niedlich.

Bild: pixabay.de

Hierzu gehörte so auch unser Mecki.
Eines Tages - es war ein kalter Herbsttag und nachts

begann es bereits zu frieren - lief mir im Garten ein junger Igel über den Weg. Von meiner Oma hatte ich gelernt, dass Igel ein gewisses Gewicht haben müssen, damit sie mit ihrer Fettschicht den Winter überstehen. Dieser sah mir noch arg klein aus. Ich zog meine Jackenärmel über die Hände und hob das kleine Stachelknäul auf. Denn, als der kleine Wicht mich erblickt hatte, hat er sich schnell zusammengerollt. Ich brachte ihn zu meiner Oma, die mir bestätigte, dass er noch viel zu klein sei, um den Winter zu überleben.

In unserem Bauernhaus gab es zwei Keller. Einer wie eine Gruft, mit Pfeilern in der Mitte, die mit Rundbögen an der Decke verbunden waren. Ideal zum Lagern von Kartoffeln: Dunkel, kühl und trocken. Dieser Keller war bereits besetzt. Hier lebte unsere Kröte Griselda. Sie war gefühlte 100 Jahre alt, Handflächen groß und, wie es sich für eine richtige Kröte gehört, mit Warzen übersät. Wenn man Glück hatte, konnte man sie entdecken und sogar streicheln. Sie war ein willkommener Gast, da sie die Insektenpopulation in unserem Kartoffelkeller in Grenzen hielt. Außerdem war sie, trotz ihrer Warzen, unheimlich niedlich.
Der andere Keller, unser Heizungskeller, war etwas

kultivierter. In einem Vorraum befanden sich drei Boxen, mit einem Meter hohen Seitenwänden und einer Tür an der Vorderseite. In diesen Boxen wurde früher Holz oder Kohle für die Heizung gelagert. Wir hatten natürlich bereits eine Ölheizung, und die Abteile wurden zur Lagerung allen möglichen Krams genutzt.

Ich räumte eines der Abteile auf, kleidete es mit Stroh und Laub aus, stellte eine Holzkiste hin und setzte unseren Wintergast hinein. Jeden Tag erhielt er einen Teller mit Katzenfutter, ein rohes Ei und etwas Milch. Es dauerte nicht lange, und er stand bereits voller Erwartung in der Box, sobald sich die Kellertür öffnete. Er entwickelte sich hervorragend.
Wurde größer und fetter und man merkte, dass er sich auf seinen Winterschlaf vorbereitete. Eines Tages rührte er das Futter nicht mehr an. Er war eingeschlafen. Als ich vorsichtig in die Box schaute, lag er zusammengerollt in einem Laubhaufen und schlief tief und fest.

Im Laufe des Winters vergaßen wir Mecki fast in seinem Winterlager. Zu Beginn schauten wir noch regelmäßig nach ihm in den Keller, aber nachdem er sich nicht regte, wurde es immer weniger. Erst zu

Beginn des Frühlings bemerkte meine Oma rein zufällig, dass sich in der Box etwas regte. Mecki war wach. Wir servierten ihm wieder seine Leckereien und, als wir erkannten, dass er richtig wach war, gaben wir ihm seine Freiheit zurück. Mit Arbeitshandschuhen nahm ich die nun recht beachtliche Stachelkugel auf und brachte sie in den Garten. Nachdem ich ihn abgesetzt hatte, steckte er zuerst seine Knopfnase heraus und schnüffelte. Es war niedlich, wie diese kleine, schwarze Erbse in der frischen Frühlingsluft neugierig zitterte. Nach ein paar Minuten linsten dann zwei Knopfaugen heraus. Langsam rollte sich die Kugel auseinander, die kleinen Tapsfüße kamen zum Vorschein, und Mecki machte sich auf den Weg, die Welt zu erkunden. Ich verabschiedete mich von ihm und ging davon aus, dass ich ihn nie wiedersehe. Doch ich sollte mich täuschen.

In den darauffolgenden Wochen und Monaten lief er mir des Öfteren über den Weg. Und - wieder Erwarten - rollte er sich nicht zusammen, wenn ich an ihn herantrat. Ich konnte ihn sogar an der Nase und dem Bauch kraulen, und er schien es zu genießen. Hin und wieder stellten wir ihm eine Untertasse mit Leckereien vor die Tür, die er mit Genuss verschlang. Das süße kleine Schmatzen, dass er dabei von sich

gab, habe ich noch heute im Ohr. Wir waren Freunde. Sobald es auf den Winter zuging und es draußen kälter wurde, stand er wieder bei uns vor der Tür und schaute uns ganz erwartungsvoll an. Er wollte wieder in sein Winterquartier. Mittlerweile brauchte ich noch nicht einmal Handschuhe, um ihn aufzunehmen. Wenn ich ihm unter den Bauch fasste, rollte er sich nicht mehr zusammen. Ich trug ihn in seine Box im Keller, die wir mittlerweile schon nicht mehr ausräumten, versorgte ihn ein paar Tage mit Fressen und dann begab er sich zur Ruhe. Wenn es dann wieder wärmer wurde, brachte ich ihn zurück in die Freiheit, und er besuchte mich hin und wieder.
So ging es einige Jahre. Es war ein einmaliges Erlebnis, eine einmalige Freundschaft.

Eines Winters jedoch stand er nicht mehr vor der Tür. Ich sah ihn leider nie wieder. Offenbar hat die Natur ihren Lauf genommen.

Krähenberg
Eine Tiergeschichte

Meine ersten Schuljahre verbrachte ich in einer kleinen Dorfschule, im Nachbarort. Von meiner Haustür aus waren es etwa zwei Kilometer zur Schule. Unsere Eltern fuhren uns nicht mit dem Auto, und mit dem Fahrrad durften wir auch nicht radeln. Also blieben nur noch Schusters Rappen. Ich war der Erste, der morgens losmarschierte. Auf meinem Weg sammelte ich die anderen Kinder aus dem Dorf ein. Bei Wind und Wetter, bei Sonne, Regen oder Schnee machten wir uns auf den Weg zur Schule. Ich wurde mit fünf Jahren eingeschult, und die morgendliche Wanderung war eine richtige Qual.

Unsere Dorfschule bestand aus einem Unterrichtsraum, in dem die Schüler der ersten bis vierten Klasse von nur einer Lehrerin unterrichtet wurden. Einen richtigen Stundenplan und geregelte Unterrichtsstunden gab es nicht. Jede Klasse bekam eine Aufgabe, und unsere Lehrerin rotierte zwischen den einzelnen Gruppen. Neben den klassischen Fächern wie Deutsch und Mathematik gab es auch sowas wie Spiegelschrift lesen, Gartenarbeit und Wandern. Der Sportunterricht bestand meist aus dem Balancieren

Grundschule Idsingen

auf einem Schwebebalken und Sportspielen wie „Wer hat Angst vorm schwarzen Mann" oder Völkerball.

Unsere Lehrerin war künstlerisch sehr begabt. Die Fächer Kunst und Musik spielten eine sehr große Rolle. Nach ihrer Pension wurde sie eine in der Region recht bekannte Malerin. Ihre Hauptmotive sind bis heute Blumen und Blüten.

Wenn ich es mir recht überlege, hat mich dieser Unterricht sehr geprägt. Die ganze Schulzeit über habe ich den Kunstunterricht geliebt, später sogar Illustration studiert und einige Zeit als Grafiker in der Werbung gearbeitet.

Unsere Unterrichtspausen wurden nach Bedarf abgehalten und dauerten in der Regel auch etwas länger.

Auch der Unterrichtsschluss stand nie richtig fest. Unsere Eltern wussten immer nur ungefähr, wann wir nach Hause kamen.

Unser Schulweg führte uns über eine Landstraße, an einem kleinen Wäldchen vorbei. Es war ein uriges Wäldchen, das mitten in einer Feldlandschaft stand. So klein, dass man weniger als zwei Minuten brauchte, um es zu durchqueren. Dafür war es aber wirklich urig, zerklüftet und naturbelassen. Nur ein kleiner Weg führte hindurch, der auf der einen Seite steil in den Wald hineinführte. An einem Abhang, bei dem die Grasnarbe regelmäßig abbrach, konnte man Frösche, Lurche und Salamander fangen. Dieses kleine Waldstück wurde Krähenberg genannt.
Vor allem im Herbst konnte man erkennen, warum. Gefühlt sammelten sich in diesem kleinen Waldstück sämtliche Krähen aus der Lüneburger Heide. Die Baumwipfel waren schwarz von Krähen, und wenn man sich ihnen näherte, konnte man sein eigenes Wort vor lautem Krächzen nicht verstehen. Zu Anfang hatten wir einen riesigen Spaß daran, die Krähen mit lautem Geschrei und wilden Gesten aufzuscheuchen. Es war ein wahnsinniges Schauspiel, wenn sich plötzlich die schwarzen Baumkronen mit lautem Getöse in die Luft erhoben. Zu dem bereits

lauten Gekrächze kam dann noch das Rauschen der Flügelschläge.

Bis zu diesem einen Samstag! Der Samstag war in den 70er Jahren immer ein ganz besonderer Tag. Wir hatten nur drei Fernsehprogramme und am Samstagabend, um 20:15 Uhr, lief immer ein spannender Spielfilm. Um diese Uhrzeit versammelte sich die ganze Familie vor dem Fernseher. An diesem bestimmten Abend lief ein ganz besonderer Film, der meine Kindheit schlagartig veränderte: „Die Vögel" von Alfred Hitchcock. Von diesem Tag an hatten die Krähen am Krähenberg Ruhe vor uns! Alle Kinder hatten einen riesigen Respekt vor den schwarzen „Killern". Sie machten einen großen Bogen um das Waldstück, wenn die Krähen ihn mal wieder besetzt hatten.

Noch heute habe ich das beeindruckende Bild der aufsteigenden Baumkronen vor Augen und das damit verbundene Getöse in den Ohren, wenn ich einen Schwarm Krähen sehe, und muss mit einem inneren Grinsen daran denken, wie der Film meine Einstellung zu diesen Tieren verändert hat.

Die Moral von der Geschicht:
Horrorfilme können Tiere vor Kindern schützen!

Wer hat Angst vorm schwarzen Mann?
Eine Anekdote

Wie in allen Orten, so wurde auch bei uns im Dorf zu Ostern ein großes Feuer entfacht. Mit diesem Brauch wird bis heute die Auferstehung der Natur nach dem langen Winter gefeiert.
Ein paar Tage vor Ostern machte sich die Feuerwehr des kleinen Dorfes daran, das Osterfeuer aufzubauen. Mit Treckern und Anhängern wurde alles Brennbare auf einem Feld in der Nähe des Dorfes zusammengetragen und sorgsam aufgeschichtet.
Am Ostersamstag kam dann noch ein Grill und eine Theke dazu, und am Abend versammelte sich das ganze Dorf um dieses riesige Lagerfeuer. Mitunter war es so hoch wie eines der Bauernhäuser im Dorf. Nach einer kurzen Ansprache des Ortsbrandmeisters wurde es feierlich entzündet. Natürlich floss das Bier in Massen. Dazu gab es Korn, und kaum einer der Erwachsenen ging nüchtern nach Haus. Meist waren sie schon angetrunken, wenn das Feuer erst zur Hälfte heruntergebrannt war. Wir Kinder hatten dann unseren eigenen, ganz besonderen Spaß!

In Sieverdingen gab es einen Brauch, den ich noch nie in einem anderen Ort kennengelernt habe. Wenn das Feuer etwas heruntergebrannt war, und man am Rand bereits ein paar verkohlte Holzstücke finden konnte, pirschten wir uns an das heiße Feuer heran, zogen die Holzstücke heraus, kühlten sie etwas mit Sand ab und rieben uns die Hände mit dem Ruß ein. Jetzt ging die Schlacht los! Ziel war es, die Gesichter aller Besucher des Osterfeuers zu schwärzen. Zunächst haben wir Kinder uns natürlich gegenseitig die Gesichter mit der schwarzen, stinkenden Masse eingeseift, wie man es im Winter mit dem Schnee macht. Wenn wir dann aber alle aussahen, wie getarnte Soldaten auf Urlaub, machten wir uns über die Erwachsenen her.

Zuerst mussten natürlich die etwas wehrloseren, angetrunkenen an der Theke herhalten. Unsere Strategie war legendär! Einer von uns lenkte unsere Zielperson ab, und die anderen schlichen sich von hinten heran. Wenn das Opfer etwas größer war, was bei richtigen Bauern nicht gerade selten ist, sprang ihn einer von hinten an und verpasste ihm die erste „Salbung". Bückte sich der Arme, bekam er vom Lockvogel die nächste Fuhre, und anschließend fiel der Rest der Bande über ihn her. Das ging so stundenlang, bis alle ihren Ruß abbekommen hatten.

Eines Tages verirrte sich ein nobel gekleideter Popper mit wasserstoffblonden Haaren, weißer Jeans und roter Jacke auf unser Osterfeuer. Der Arme kannte die Tradition leider bis zu diesem Abend noch nicht. Als wir ihn erspähten, ließen wir ihn zunächst einen Drink an der Theke bestellen. Anschließend stellte sich einer von uns, der schon arg von der Rußschlacht gezeichnet war, neben ihn und grinste ihn an. Der schicke junge Mann schaute ihn nur fragend an. Dann folgte der erste Angriff. Ein Zweiter von uns nahm Anlauf und sprang ihm von hinten auf die Schultern. Die pechschwarzen Hände trafen sofort ihr Ziel und - zack! - hatte er die ersten Kampfspuren im Gesicht!

Wie von der Tarantel gestochen, versuchte er davon zu stürmen, hatte jedoch die Rechnung ohne den Rest der Meute gemacht. Wie ein Wolfsrudel fielen wir über ihn her. Er versuchte uns abzuwehren, abzuschütteln und so schnell wie möglich zu seinem Auto zu rennen. Leider befand sich eine große Pfütze auf dem Weg dorthin. Kurz vorher setzte noch einmal einer von uns zur Attacke an. Der Schönling konnte ihn wegschubsen, kam aber ins Straucheln, stolperte und landete der Länge nach mit seiner weißen Hose und der roten Jacke im dreckigen Matsch der besagten Pfütze! Da war es vorbei. Wir konnten nicht mehr vor Lachen! Er sprang auf und rannte, wie vom

Teufel gejagt, zu seinem Auto. Dabei brüllte er die schlimmsten Schimpfwörter, die man sich vorstellen kann. Wir nahmen sie gar nicht mehr wahr, weil uns vor Lachen die Luft wegblieb.

Wenn das Feuer heruntergebrannt war, und die Dorfbewohner noch gerade so stehen konnten, war die Rußschlacht zu Ende, und für uns begann die Tortur. Man kann sich nicht vorstellen, wie schwer das schwarze Zeug wieder abzubekommen ist! Mitten in der Nacht musste ich in die Badewanne, und meine Mutter hat mir mit allem, was der Haushalt hergab, das Gesicht geschrubbt. Und wenn ich „geschrubbt" sage, meine ich auch geschrubbt! Nur die Drahtbürste hat noch gefehlt! Mit einem brennenden und geröteten Gesicht ging es irgendwann gegen Mitternacht ins Bett, und man schwor sich, das nicht noch einmal zu tun. Das schwor man sich jedes Jahr!

Die Moral von der Geschicht:
1. Sieh dich vor, vor Osterbräuchen!
2. „Ruß-Peeling" ist nicht zu empfehlen!
3. Osterfeuer und weiße Hosen werden nie gute Freunde!

Entenmarsch
Eine Anekdote

An diese Geschichte kann ich mich nicht mehr selbst erinnern. Sie wurde mir mehrfach von meiner Mutter erzählt und war auf Familienfeiern immer eine beliebte Anekdote.

Wie es sich für einen Bauernhof der 70er Jahre gehörte, wurden auch bei uns verschiedene Tiere gezüchtet. Nachdem mein Vater jedoch erkrankt war, beschränkte sich unsere Zucht nur auf Geflügel. Hierzu gehörten Hühner, deren Eier von meinen

Kurz vor dem Start zum Entenmarsch.

Eltern und Großeltern auf dem Wochenmarkt verkauft wurden, und Flugenten, die geschlachtet und auch verkauft wurden.

Zu der Zeit, als diese Geschichte passierte, war ich noch sehr klein. Ich konnte noch nicht laufen, aber bereits recht flink krabbeln. Unsere Hühner und Enten wurden auf dem sogenannten Hühnerhof gehalten, einem großen, eingezäunten Bereich hinter dem Haus, mit einer riesigen Rasenfläche. Hier konnten sich die Tiere frei bewegen und das Leben (bis zum Schlachten) genießen.

An einem schönen Sommertag - ich konnte, wie gesagt, bereits sehr gut krabbeln, - beschloss meine Großmutter, mich auf die Wiese auf dem Hühnerhof zu setzen, während sie ihrer Hausarbeit weiter nachging. Sie war der Meinung, dass ich dort einiges zu sehen bekomme und an der frischen Luft bin. Das war auch vollkommen richtig. Ich sah mir den Himmel an, die Vögel, die um mich herumflogen, die Käfer im Gras, die Hühner, die die Wiese nach etwas Essbarem absuchten und dabei immer wieder innehielten und mich ganz verwundert ansahen.
Am meisten haben mich aber die Enten mit ihren Küken fasziniert, die wie kleine gelbe Flauschkugeln

piepsten und immer um mich herum flitzten. Ich beobachtete sie eine Weile, bis die Entenmutter plötzlich schnatterte, losmarschierte und die kleinen, süßen Küken hinterher. "Hey," dachte ich, "bleibt hier!" Aber nichts. Sie marschierten weiter. "Das kann nicht sein! Die hauen ab!" Ich drehte mich auf alle Viere und krabbelte ihnen hinterher. Nach zehn Metern hatte ich sie eingeholt. Sie waren um die Ecke zur Ententränke gelaufen, standen rund um den Zinkteller, der mit Wasser gefüllt war, steckten ihren Schnabel hinein und streckten ihn anschließend in die Luft. Das Wasser sah interessant aus. Eine ungewöhnliche Farbe, eine Mischung aus Braun und Beige. Schließlich badeten auch die Vögel und die kleinen Enten darin. Und der Geruch war auch etwas ungewöhnlich. Es roch so wie bei den kleinen, gelben Kuschelkugeln im Stall. Es stank! Ich krabbelte näher, um die Sache etwas genauer zu erkunden. Meine kleinen Freunde machten Platz, ohne jedoch wegzulaufen. In dieser Zeit kam meine Mutter vom Einkaufen nach Hause und fragte meine Großmutter, wo ich sei. "De heb ik up de Höhnerhoff sett," antwortete diese auf Plattdeutsch.

Meine Mutter ging zur Hintertür und fand lediglich eine leere Decke auf der Wiese. Sofort brach Panik

aus! Wo ist er? Meine Mutter und Oma stürzten auf den Hühnerhof hinaus und begannen wie wild zu suchen. Als sie um die Ecke zum Entenstall kamen, sahen sie, wie ich, zusammen mit den Entenküken, um die Tränke saß, den "Schnabel" in das "leckere" Wasser tauchte und ihn anschließend in die Höhe streckte. Ganz so, wie ich es von meinen neuen Freunden gelernt hatte.
Fortan konnte ich nicht mehr mit ihnen spielen. Meine Eltern kauften einen Laufstall!

Bemerkung am Rande: Ich bin nicht vergiftet worden - ich lebe noch! Ich bin nicht krank geworden. Und: Ich habe heute keine Allergien!

Die Moral von der Geschicht:
1. Ob das bräunliche Wasser aus der Ententränke schmeckt?
2. Man unterschätze nie das Krabbeln als flottes Fortbewegungsmittel!
3. Laufställe behindern die kindliche Entwicklung!

Wipfelsprung
Ein Abenteuer

Einer meiner ältesten Freunde war Calle. Eigentlich hieß er Wolfgang, aber in unserer Kindheit war er Fan von dem Fußballspieler Calle Del´Haye. Immer wenn wir Fußball spielten, was ich überhaupt nicht konnte, war er Calle. So kam er zu seinem Spitznamen.

Calle und ich verbrachten viel Zeit im Wald. Dabei war er immer der Wagemutigere. Manchmal waren seine Ideen schon hart an der Grenze. So manches Mal blieb mir die Luft weg, aber es ist immer alles gut gegangen. Er war ein Klettermaxe, den nichts aufhalten konnte. Dreimal musste ihm eine Wunde am Kopf genäht werden, aber selbst das hat ihn nicht von seinen „Experimenten" abgeschreckt.
Eines Tages zogen wir beide mal wieder los. Zu unseren Eltern sagten wir: "Wir sind dann mal weg." Als Antwort bekamen wir dann: "Vor dem Dunkelwerden bist du wieder da!" Was wir machen und wo wir hingehen, wurde nicht gefragt. Wir wussten es in dem Moment ja selbst noch nicht einmal. Handys gab es nicht. Wenn wir in der Nähe waren und ich zum Essen kommen sollte, hatten meine Mutter und ich

ein vereinbartes Zeichen. Sie pfiff eine bestimmte Melodie, und ich antwortete ebenfalls mit einer Melodie. Das funktionierte immer, vorausgesetzt, ich war in der Nähe. An diesem Tag hätte sie pfeifen können, wie sie wollte. Ich hätte nichts gehört. Calle und ich machten uns auf den Weg in den Wald. Wir hatten eine neue, interessante Stelle entdeckt. Dort standen sehr hohe Tannen, die unsere Aufmerksamkeit geweckt hatten. Tannen haben einen riesigen Vorteil gegenüber anderen Bäumen: Sie wachsen gerade nach oben und je höher sie wachsen, desto mehr sterben unten die Äste ab. Ein paar Stummel der Äste bleiben jedoch am Stamm, und man kann hervorragend an ihnen emporklettern. Zumindest, wenn man den Mut dazu hat. Calle hatte ihn! Ich jedoch nur beschränkt. Wenn es mir zu hoch wurde, gab ich auf. Für Calle ging es nicht hoch genug hinaus.

An diesem Tag hatten wir uns zwei Prachtexemplare ausgesucht. Sie standen nur ca. drei Meter auseinander und waren sehr hoch. Die sollten es sein. Calle ging zu dem ersten, und ich zu dem zweiten Baum. Wir wollten einen Kletterwettkampf bis zur Hälfte der Baumhöhe machen.

Auf die Plätze, fertig, los! Es war klar: Während ich noch Halt für den ersten Schritt suchte, war Calle bereits zwei Meter hoch. Keine Frage, wer das Rennen gewann. Als ich wieder umkehrte, um auf den lieben Boden zurückzukommen, kletterte Calle munter weiter, bis er in der Baumkrone verschwand. "Coole Aussicht!", hörte ich ihn rufen. "Du musst hier

rauf kommen! Das ist total cool!" "Nee, lass mal!", antwortete ich. "Hier unten ist es auch ganz schön." "Ich gehe mal auf den anderen Baum!", rief er. Ich wusste gar nicht, was er meinte, bis sein Baum anfing, hin und her zu schaukeln. Da begriff ich, was er vorhatte. "Mach keinen Mist", rief ich. "Lass den Quatsch!"

Aber es war schon zu spät. Calle flog wie ein Eichhörnchen durch die Luft, auf den anderen Baum zu. Es knisterte und krachte, und ich sah Calle mir schon entgegenfliegen. Dann plötzlich Ruhe. Ich wartete darauf, dass Calle gleich neben mir einschlägt, aber nichts. "Alles OK?", rief ich. "Ja, alles OK! Juuuuuhuuu, war das geil", antwortete er. "Das mache ich öfter!"

Nach ein paar Minuten kam er herunter und zitterte am ganzen Leib. In der Tat wiederholte er den Stunt des Öfteren, und ihm ist dabei nie etwas geschehen.

Übrigens, das war nicht die letzte verrückte Aktion, die er gestartet hatte.

Heute lebt er mit seinen sechs Kindern und seiner Frau in einem kleinen Dorf in der Nähe von Walsrode, und ist bereits stolzer Großvater. Kurz nachdem ich 1984 Sieverdingen verlassen hatte, ist auch er weggezogen. Ob er diese Geschichte jemals seinen Kindern erzählt hat? Ich glaube, nicht!

Häuptling Blutender Skalp
Eine Anekdote

In den 70er Jahren war unser Idol Winnetou, von Karl May. Gefühlt lief jeden zweiten Sonntag ein Film aus der Reihe, und wir hingen alle vor dem Fernseher. Wenn der Film vorbei war, trafen sich die Kinder des Dorfes und spielten Cowboy und Indianer. Aus den frischen Trieben eines Haselnussbaums aus dem Nachbarhof bauten wir uns Pfeile und Bögen. Mit der Zeit waren wir richtig gut darin, und unsere Bögen wurden immer besser. Als Pfeilspitzen schlugen wir kleine Nägel in das eine Ende der Pfeile, kniffen die Köpfe ab und schlugen die Nägel platt. So wurden sie richtig scharf und blieben selbst bei größeren Entfernungen in der Scheunentür stecken. Wir wussten, dass es gefährlich ist, und haben auch nie aufeinander geschossen. Für den Nahkampf hatten wir Messer aus Gummi und Tomahawks, bei denen der Stiel aus einem Bambusstab und die Axt ebenfalls aus Gummi bestand. Die Cowboys hatten Revolver aus Plastik, mit Knallplätzchen. Manchmal hatte auch jemand eine Winchester, ebenso aus Plastik. Die gingen aber immer sehr schnell kaputt, deshalb haben wir uns dann selbst welche aus Holz geschnitzt. So zogen wir in die Schlacht.

Wir jagten uns quer über die Höfe und durchs Dorf. Irgendwann hatte jemand die Idee zu einer Mutprobe. Wer verzieht keine Miene, wenn man ihm den Tomahawk dicht über den Kopf wirft? Und wer meldet sich natürlich als Erster? Richtig! Mein Freund Calle. Er stellt sich vor ein Tor, und einer der anderen Jungs wirft die Spielzeugaxt. Es kann ja nichts passieren. Sie ist ja aus Gummi. Richtig, aber der Stiel ist aus Bambus, und der ist auch ziemlich hart. Vor allem, wenn er einen an der Stirn trifft. So geschah es bei Calle. Es gab ein lautes „Klock", der Tomahawk landete an Calles Stirn und blieb in der Haut hängen. In Bruchteilen von Sekunden strömte das Blut über sein Gesicht. Wir waren alle geschockt, und Calle fing natürlich an zu weinen. Als meine Mutter das mitbekam, zog sie ihm sofort das Spielzeugbeil aus der Wunde, versorgte sie provisorisch und fuhr mit ihm ins Krankenhaus. Dort wurde die Wunde genäht. Zum Glück war nur die Haut verletzt. Am Knochen war nichts passiert. Am folgenden Tag war Calle wieder mit dabei, und die Schlacht ging weiter. Wer jedoch denkt, dass es für Calle die letzte Narbe am Kopf war, den muss ich enttäuschen: Nur wenige Wochen später hat er mit seinem Bruder und einer alten Käfer-Radkappe Frisbee gespielt und raten Sie mal, wo ihn diese getroffen hat? Richtig!

BMX-Akrobaten
Eine Anekdote

Anfang der 80er Jahre kam die Welle der BMX-Räder aus den USA nach Deutschland. Jugendliche rasten mit den, eigentlich viel zu kleinen, Rädern über Stock und Stein, sprangen über Rampen und vollführten akrobatische Kunststücke. Faszinierend! Als dann auch noch eine Truppe auf dem Stadtfest in Walsrode ihr Können präsentierte, war es geschehen: Meinen Freund Calle und mich hat es gepackt. Wir waren uns einig: Das wollen wir auch!
Leider waren diese Räder, die eigentlich nur aus einem Rahmen, einem Lenker, Pedalen und zwei kleinen Rädern bestanden, in unserer Region nur sehr schwer zu bekommen. Und wenn man eins gefunden hatte, war es unverschämt teuer. Das Internet gab es zu dieser Zeit noch nicht, und man war auf Kleinanzeigen in Zeitungen oder Fahrradhändler angewiesen. Also, was tun?

Meine Eltern hatten eine Pension für Sommergäste. Urlaub auf dem Bauernhof war damals bei den Großstädtern sehr angesagt. Die fünf Zimmer, die meine Mutter anbot, waren in den Sommerferien immer ausgebucht. Für die Gäste standen auch

Fahrräder bereit, die kostenlos zur Verfügung gestellt wurden. Unser Angebot umfasste Kinderräder in allen Größen, Klappräder, Damenräder und natürlich Herrenräder. Die Wartung und die Reparatur hatte ich irgendwann übernommen und kannte mich somit mit dem Basteln an den Drahteseln etwas aus. Und nun war unser BMX-Rad-Problem da! Unsere Einstellung war: Wenn man sich etwas nicht leisten kann, dann baut man sich es halt selbst. Gesagt, getan! Wir besorgten uns ein Bild eines BMX-Rades und setzten uns in die Eierkammer. In der Eierkammer standen unsere Leihräder. Den Namen hatte die Kammer bereits vor der Pension bekommen. In der Pension befand sich früher ein riesiger Hühnerstall, mit unzähligen Tieren. Meine Urgroß- und Großeltern verkauften die Eier der Hühner früher auf dem Wochenmarkt, und genau diese Eier wurden in der Eierkammer - der jetzigen Fahrradkammer - gelagert. Der Name blieb jedoch aus Gewohnheit bestehen.

Bei den Eiern würde man heute wohl von BIO-Eiern sprechen. Die Hühner sind frei in dem Stall und auf dem Hühnerhof herumgelaufen.

Aber zurück zu den Fahrrädern. Wir saßen nun da und schauten uns das Foto an. Als erstes brauchten wir zwei kleinen Rahmen. Hatten wir - zwei 24er Kinderräder. Dann brauchten wir kleine Räder. Hatten wir - die Räder von den Klapprädern. Dann brauchen wir Lenker, die etwas geschwungen sind und nach oben gehen. Hatten wir auch - die von den Klapprädern. Gesagt, getan. Wir schnappten uns unser Werkzeug und bauten zunächst alles, was nicht an ein BMX-Rad gehört, von den Kinderrädern ab. Also alles! Anschließend montierten wir die Räder und den Lenker von den Klapprädern und - fertig waren unsere BMX-Räder! Gut, sie sahen etwas anders aus, kamen dem Original aber schon recht nahe. Mit der Übersetzung vom 24er Kinderfahrrad auf ein 20er Klapprad-Rad musste man schon sehr schnell in die Pedale treten, um Geschwindigkeit zu bekommen. Aber das war egal.

Natürlich ging unsere Schrauberei nicht an meiner Mutter vorbei. Sie schlug die Hände über dem Kopf zusammen, als sie die zerlegten Fahrräder und unsere Vehikel sah. Wir versprachen hoch und heilig, die Räder später wieder so zusammenzubauen, wie sie waren.

Und ab ging die Post!
Wir rasten über den Hof, den Eichenhof, auf dem dreißig über hundert Jahre alte Eichen standen, durch

die große Sandkiste, die eigentlich für die Kinder der Sommergäste gedacht war, und über unsere große Wiese hinter dem Gästehaus! Irgendwann steckten wir uns eine Rennstrecke ab und fuhren um die Wette. Aber eines fehlte: Eine Sprungschanze! Wir entdeckten die Tischtennis-Platte, die mein Onkel aus einer Spanplatte gebaut hatte. Da die Sommergäste sie kaum benutzten und sie ideal für unser Projekt geeignet war, legten wir sie mit dem einen Ende auf ein paar Holzbalken, nahmen von einem Hügel aus Anlauf und versuchten, die Kunststücke unserer Vorbilder vom Stadtfest nachzuahmen.

Mehr als eine Woche düsten wir mit unseren Eigenbauten durch die Gegend. Nach wenigen Tagen gesellten sich alle Kinder des Dorfes zu uns, und wir fuhren alle zusammen Rennen auf unserer "BMX-Strecke". Die Tischtennis-Platte blieb natürlich die ganze Zeit liegen. Egal ob Regen oder Sonne. Jeder, dem schon einmal eine Spanplatte nass geworden ist, weiß, was geschieht. Sie quillt auf! So natürlich auch unsere Rampe. Nach ein paar Tagen tollster Akrobatik führte Calle ein unfreiwilliges Kunststück vor. Er nahm Anlauf, raste auf die Rampe und es gab ein lautes "Knack"! Das Rad stand schlagartig, und Calle machte einen Salto über den Lenker.

Erstaunlich war, dass er auf seinen Füßen landete und weiterlief. Er riss die Arme in die Luft und bedankte sich bei dem Publikum - das nicht anwesend war - für den donnernden „Applaus". Nach dem ersten Schreck brachen wir alle vor Lachen zusammen. Das bringt nur Calle!
Die Tischtennis-Platte war bei Calles Stunt in der Mitte durchgebrochen. Uns kratzte das nicht weiter. Es wurden einfach ein paar Kanthölzer unter die Platte gelegt und weiter ging's! Nur wenige Sprünge später merkte ich, dass mein Rad vorne irgendwie immer tiefer wurde. Dachte mir aber nichts dabei. Beim nächsten Sprung merkte ich jedoch, warum. Als ich landete, machte sich mein Vorderrad samt unterem Teil der Gabel selbstständig. Mein Lenker raste auf die Erde zu und grub sich ein. Ich war leider nicht so sportlich wie Calle und eigentlich auch etwas geschockt. Ich schaute ungläubig dem davoneilenden Vorderrad nach, klammerte mich am Lenker fest und versuchte, in die Erde einzutauchen, als ob ich einen Sprung mit dem Rad in einen Swimmingpool machen wollte. Was natürlich nicht klappte, und ich landete mit dem Gesicht direkt im Rasen. Nach einer Rolle blieb ich benommen auf dem Rücken liegen. Und was machen die anderen? Sie jubelten, als ob ich gerade den größten Stunt des Tages absolviert hätte!

Habe ich ja auch - aber unfreiwillig!
Als Calle merkte, dass das wohl doch nicht so witzig war, raste er mit seinem Selbstbau den Hang hinunter, sprang über die Rampe und landete plötzlich neben mir auf dem Rücken. Ihm war es genauso ergangen wie mir. Auch seine Gabel hatte sich verabschiedet. Wir beide schauten uns an und konnten uns vor Lachen nicht mehr halten.

Unsere BMX-Karriere war damit beendet. Allerdings hat sich auch der Bestand unserer Leihräder dezimiert. Wir konnten die Räder nicht, wie versprochen, wieder zusammenbauen, und die Tischtennis-Platte war auch hin. Meine Mutter fand es natürlich nicht so witzig.

Explosion im Parka
Eine Anekdote

Jedes Jahr zu Sylvester deckten Calle und ich uns reichlich mit Knallern ein.
Wir sparten unser Taschengeld, nur um an diesem Tag so richtig böllern zu können. In einem Geschäft, im nahegelegenen Ort Schneeheide, konnte man nicht nur einzelne Päckchen, sondern ganze Pakete, auch Schinken genannt, kaufen. Die hatten es uns angetan. Wir deckten uns reichlich damit ein.

Am Sylvester-Abend, um 18 Uhr, ging es dann los (natürlich haben wir aber auch schon früher die Knaller ausprobiert - auch wenn man das offiziell nicht durfte). Der Bundeswehrparka wurde übergeworfen, nicht nur weil er so schön warm war, sondern vielmehr, weil er so schöne, große Taschen hatte. Genau diese wurden bis zum Rand mit Böllern gefüllt. Jede Tasche! Heutzutage hätte man uns wohl für Selbstmordattentäter gehalten.
Wir trafen uns auf der Dorfkreuzung und los ging es. Überall, wo ein Böller reinpasste, - Gullis, Astlöcher - steckten wir auch einen rein und ließen es knallen.
Wenn wir nichts Geeignetes fanden, warfen wir die Böller in Schneehaufen - ja, zu dieser Zeit hatten wir

Sylvester noch Schnee und sogar auch am Heiligabend - oder warfen sie uns gegenseitig vor die Füße.

Es war ein gewohnter Bewegungsablauf. Rechte Hand - der Knaller, linke Hand - das Feuerzeug, Knaller anzünden, Knaller mit der rechten Hand wegwerfen und das Feuerzeug mit der linken Hand in die Parkatasche, zu den restlichen Knallern stecken.
Nur doof, wenn man das verwechselt! So ging es Calle. Mitten in der Hektik des Gefechts nahm er den Knaller in die LINKE Hand, und zwar einen richtig großen, zündete ihn mit dem Feuerzeug in der RECHTEN Hand an, warf den „Böller" weg, steckte das „Feuerzeug", wie gewohnt, in die Parkatasche und wartete, dass der weggeworfene „Böller" explodiert.

Dann ein lauter Knall! Aber nicht dort, wo Calle den Böller hingeworfen hatte. Sondern in seiner Parkatasche! Wie gewohnt, hatte Calle das "Ding" in seiner rechten Hand weggeworfen, also das Feuerzeug, und das „Ding" in seiner linken Hand zurück in seine Tasche gesteckt, zu den anderen Böllern. Also den brennenden Böller!
Die Kettenreaktion begann! Die Glut des explodierten Böllers entzündete die Lunten der restlichen Feuerwerkskörper. Calle tanzte wie Rumpelstilzchen

auf der Stelle herum und versuchte, mit seinen Händen das "Taschenfeuerwerk" auszuklopfen!
Ich konnte mich bei dem Anblick vor Lachen nicht halten, fiel mit Tränen in den Augen in den Schnee und schnappte nach Luft.

Als Calle merkte, dass seine "Löschversuche" vergebens waren, zog er den Parka schnell aus und warf ihn weg. Das Feuerwerk hatte nun auch schon auf die anderen Taschen übergegriffen, und wir bestaunten unser "Parkataschen-Feuerwerk"!
Nach ca. fünf Minuten war alles vorbei. Auf dem Boden lag nur noch ein olivgrünes, verkohltes und zerfetztes Etwas.

Dieser Abend hatte ein schnelles Ende genommen. Calle war natürlich bitter kalt, und alleine hatte auch ich keine Lust mehr. Wir gingen nach Hause.

Aber auch hierbei haben wir etwas gelernt:
1. Feuerzeuge knallen nicht!
2. Überlege dir genau, was du wegwirfst.
3. Parkataschen halten einer Detonation nicht stand.

Zielscheibe Stallfenster
Eine Anekdote

Als kleiner Junge auf dem Lande macht man sich über vieles keine Gedanken. Vor allem nicht über eventuelle Konsequenzen. So auch bei der folgenden Geschichte.

Auf dem Hof hatten wir einige klassische Stallfenster, die in sechs kleinere Fenster unterteilt waren. Jede dieser kleinen Scheiben war ca. 10 x 10 cm groß.
Irgendwann stellte ich mit Frank, einem Jungen aus der Nachbarschaft, fest, dass diese Scheiben hervorragende Zielscheiben ergaben. Wir nahmen uns kleine Steine und machten ein kleines Zielwerfen um die Wette. Schnell waren die ersten sechs Scheiben zerdeppert. Also zum nächsten Fenster. Nachdem das auch Geschichte war, kam das dritte Fenster dran.

Jetzt war keines mehr heile. Wir überlegten, wo noch solche Fenster wären. Richtig, am Schweinestall, an der Scheune, am Hühnerstall, am Entenstall, am Trecker-schuppen und am Rinderstall. Es war ein ziemlich amüsanter Nachmittag, mit vielen Treffern.
Beim Abendessen kam meine Großmutter total verärgert in die Küche. "Hast du das schon gesehen?",

sagte sie zu meiner Mutter. "Im Schweine-stall sind alle Fenster kaputt!" Ich zuckte zusammen und schaute verschämt auf mein Brot. Als meine Oma das sah, sprach sie mich an: "Warst du das?" Ich blieb stumm. Am liebsten wäre ich unter dem Tisch verschwunden. Eine Antwort war wohl nicht nötig. Ein Donnerwetter brach über mich herein.

Ich gestand alles und verriet, welche Fenster noch kaputt waren. Halt alle! Natürlich verriet ich auch Frank, denn meine Mutter und meine Großmutter glaubten nicht, dass ich alleine sowas machen würde.

In den folgenden Wochen mussten Frank und ich die Glas- und Kittreste aus den Fensterrahmen entfernen, und ein Bekannter meiner Mutter setzte neue Scheiben ein.

Jedesmal, wenn ich heute solche Fenster sehe, muss ich an diesen Streich denken.

Die Moral von der Geschicht:
1. Fensterkitt ist ein widerliches Zeug.
2. Oma bekommt alles raus!
3. Fensterscheiben sollte man nicht mit Zielscheiben verwechseln!

Rettung Zwetschgenbaum
Eine Tiergeschichte

Bereits mein Vater hatte als Kind ein Pferd. Als meine Eltern dann in den 70er Jahren eine Pension betrieben, kam er auf die Idee, das Angebot für die Sommergäste um ein Ponyreiten zu erweitern.

Wie mein Vater so war, hatte er samstags die Idee, und am Dienstag der kommenden Woche standen bereits Elimar und Erskin bei uns im Stall. Es handelte sich um Araber-Welsch-Mischlinge, zwei Brüder. Nachdem sie eingeritten waren und ich einige Reitstunden hatte, habe ich sie regelmäßig auf unserer Weide, die direkt an dem Hof angrenzte, geritten. Naja, zumindest war es in der ersten Zeit regelmäßig.
Mein Vater saß dann immer im Rollstuhl am Rand der Weide und schaute mir zu. Erst als meine Tochter ein eigenes Pferd hatte und ich ihr beim Reiten zusah, konnte ich nachfühlen, was es meinem Vater bedeutet haben musste.

An jedem Sonntag, nach dem Mittagessen, hat meine Mutter meinen Vater in seinem Rollstuhl auf die Pferdeweide gebracht, und er hat die beiden Ponys mit Brot gefüttert. Wenn sie ihn kommen sahen, kamen sie herbei galoppiert und stellten sich brav um ihn herum.

Die Namen Elimar und Erskin gefielen uns nicht. Kurzer Hand nannten wir sie Axel und Sterling. Axel war der Bravere von beiden. Sterling hatte richtig Feuer und war etwas schwieriger zu reiten. Axel dagegen war lammfromm. In den Sommerferien kamen des Öfteren meine Cousins Bodo und Knut für ein paar Wochen zu uns auf den Bauernhof. Sie wohnten in Hannover und genossen die "wilde Zeit" bei uns. Reiten konnten sie nicht, aber das sollte sich ändern. Nach einer kurzen Einleitung saßen sie bereits auf Axel.

An der Pferdeweide stand auf der einen Seite eine Reihe von Zwetschgenbäumen. Wie vieles andere auch, wurden die Zwetschgen geerntet, wenn sie reif waren, und auf dem Wochenmarkt und an Bäckereien verkauft. Jedes Jahr waren es mehrere Kiepen (große Metallkörbe), die mühevoll gepflückt wurden. Einige der Äste dieser Bäume ragten auf die Pferdeweide, und es machte einen riesigen Spaß, unter ihnen hindurch zu reiten.
Eines Tages - es waren Sommerferien - waren Bodo

und Knut mal wieder bei uns. Wir sattelten die Ponys und ritten auf die Pferdeweide. Bodo wusste, wie man das Pferd antreibt, und er wusste auch, dass man zum Bremsen an den Zügeln ziehen muss. Wir drehten unsere Runden auf der Weide. Ich auf Sterling und Bodo auf Axel. Wir ritten unter den Zwetschgenbäumen hindurch, als Axel immer schneller wurde. Bodo wurde nervös. Langsam verlor er die Gesichtsfarbe und begann leise, um Hilfe zu rufen. Ich versuchte ihm zu sagen, dass er an den Zügeln ziehen sollte, schaute einen Moment weg und plötzlich schoss Axel in einem Affenzahn an mir vorbei. Aber ohne Bodo. Ich bekam einen Schreck und schaute mich um. Als ich Bodo sah, musste ich laut lachen.

Als Axel immer schneller wurde, griff Bodo den

Ich auf Sterling. Im Hintergrund sieht man die besagten Zwetschgenbäume.

nächsten Ast eines Zwetschgenbaumes, machte einen Klimmzug, ließ Axel laufen und hing nun mit ausgestreckten Armen am Baum. Am Rand der Weide stand meine Mutter mit ihrer Schwester Etta, die Mutter von Bodo, und lachten lauthals.

Axel hatte sich bei dem ungewöhnlichen Absitzen seines Reiters so erschrocken, dass er im Jagdgallop davonraste und sich in dem Weideschuppen verkrümelte.

Nachdem Bodo seine „Hängepartie" beendet und wieder festen Boden unter den Füßen hatte, sagte er nur: „Das war mir viel zu schnell!" Dabei war es nur ein leichter Trab!

Jedes Mal, wenn in einer Familienrunde die Sprache auf unsere Ponys kommt, wird diese Geschichte erzählt.

Die Moral von der Geschicht:
1. Trab ist für Bodo zu schnell!
2. Zwetschgenbäume können sich als wahre Retter erweisen.

Vollbremsung! Heide!
Eine Tiergeschichte

Zu unseren Ponys Axel und Sterling gesellte sich nach einiger Zeit ein weiteres Pony: Mori, ein schwarzes Shetland Pony. Wie es genau zu uns gelangte, kann ich nicht mehr sagen.

Mori hatte, wie es für Shetland Ponys typisch ist, ihren eigenen Kopf. Das Reiten war immer etwas schwierig, da man sie ständig sehr intensiv antreiben musste. Nur vor der Kutsche ging sie hervorragend. Dieses war ideal für unsere Sommergäste. Ich lernte das Kutschen und machte mit ihnen Touren durch die Wälder, rund um Sieverdingen.

Irgendwann beschlossen meine Eltern, Mori decken zu lassen. Ein Fohlen sollte her. Mori, die sowieso schon nicht die Schlankste war, wurde runder und runder. Irgendwann kam die Zeit, wo das Kleine das Licht der Welt erblicken sollte. Alle waren nervös.
Alle zwei Stunden ging meine Mutter in den Stall und schaute nach dem Rechten. Auch in der Nacht. So ging es einige Tage, und meine Mutter war schon ziemlich genervt.
Eines nachts beschloss sie nicht aufzustehen. Am

Die Überraschung war gelungen!
Eines Morgens stand der kleine Nico plötzlich im Stall!

darauffolgenden Morgen war Nico, das Fohlen, da. Als meine Mutter in den Stall kam, schauten sie zwei niedliche, große Knopfaugen an. Anscheinend brauchte Mori die Ruhe, um dem Kleinen auf die Welt zu bringen.

Trotz ihrer Sturheit sind wir auch auf Mori geritten. Am liebsten natürlich im Gelände, sprich in den Wäldern rund um Sieverdingen. Bei einem dieser Ausritte war das Ziel von meinem Freund Calle und mir ein Waldstück nördlich von Sieverdingen. Vor diesem Wald waren mehrere Felder. Als wir auf diese zukamen, hörten wir in der Ferne einige Hubschrauber. Es war mal wieder Manöverzeit. Je mehr wir uns dem Wald näherten, umso näher kam auch das Getöse der Rotoren. Wir hielten an.

Drei Hubschrauber flogen im Tiefflug über uns hinweg, setzten auf den Feldern vor dem Wald auf und Soldaten sprangen heraus. Unsere Ponys spielten bei dem Lärm und dem Wind, der durch die Rotoren entstand, total verrückt. Calle und mir gelang es gerade noch, von ihnen abzuspringen und sie zu beruhigen. Wir beobachteten das Schauspiel, wie die getarnten Soldaten im Wald verschwanden. Sie wurden buchstäblich vom Wald verschluckt. Die Hubschrauber hoben ab und verschwanden.

Dass ich in ein paar Jahren auch einmal aus einem solchen Hubschrauber springen würde, konnte ich zu diesem Zeitpunkt noch nicht ahnen. Jedes Mal, wenn ich bei meiner späteren Bundeswehrzeit mit einem Hubschrauber abgesetzt wurde, hatte ich dieses Bild vor Augen.

Wenige Minuten später landeten erneut ein paar Hubschrauber und nahmen die Gespenster aus dem Wald wieder auf. Als sie abhoben und davonflogen, witterten wir unsere Chance. Wir sprangen auf unsere Ponys und jagten im gestreckten Galopp über das Feld, in den Wald.

Es war Ende August, und die Heide blühte in voller Pracht. Es war ein traumhaftes Bild, wie die Sonnenstrahlen durch die Blätter auf die lila blühende Heide fiel. Das dachte Mori offenbar auch, als sie die Leckereien am Wegesrand erspähte. Ohne Vorwarnung bog sie plötzlich nach rechts ab, machte aus vollem Galopp eine Vollbremsung und steckte ihr Maul in das leckere Lila.

Bei der schlagartigen Richtungsänderung konnte ich mich gerade noch so am Knauf meines Westernsattels festhalten. Als Mori dann jedoch die Vollbremsung einlegte und den Kopf senkte, war es geschehen: Der Sattelgurt riss, ich setzte meinen Weg auf dem Sattel, wie Baron Münchhausen auf der Kanonenkugel, fort und landete in der Heide.

Noch immer saß ich fest im Sattel, den Knauf fest in der Hand und die Beine zu den Seiten weggestreckt. Als ich mich umsah, schauten mich nur zwei große schwarze Augen verwundert an. Aus den Maulwinkeln ragten noch ein paar lila Blütenstengel. Als wäre nichts geschehen, senkte Mori wieder ihren Kopf und ergötze sich weiter an der Heide.

Calle, der mittlerweile meinen Flug mitbekommen

hatte, war mit Axel zurückgekommen. Nachdem er mich auf meinem Westernthron sitzen sah, begann er laut zu lachen. Obwohl mir alles weh tat und der Schreck mir noch immer in den Knochen steckte, musste ich auch herzhaft lachen.

Wir zogen Mori am Zügel aus der Heide, reparierten den Sattelgurt, bei dem zum Glück nur die Schnalle verbogen war, schnallten ihn wieder fest und setzten unseren Ausritt fort.

Aber eins habe ich dabei gelernt:
1. Pferde lieben Heide!
2. In der Heide landet man weich.
3. Rodeo ist nichts für mich!